GÜNTER DIESEL

DIE BESTEIGUNG DES MOUNT MAYBACH

Bemerkungen:
Namensgleichheiten mit Personen sind ungewollt und rein zufällig.
Die Ortsnamen sind an existierende Orte angepasst.

Mount Maybach
49° 18' 56'' N / 7° 4' 2'' E

Die Besteigung des Mount Maybach

Heinz Backes auf Tour

Autor: G. Diesel:

© 2018
Herstellung und Verlag: BoD – Books on Demand, Norderstedt.
ISBN: 97837528887464

Umschlaggestaltung: Der Autor

Autoren-Kontakt: g.diesel@web.de

Inhalt

Abschnitt   **Seite**

Der Bergsteiger......................................5

Die Familie.. 6

Schicht im Schacht...................................8

Hasen am Watzmann............................12

Das Geburtstagsgeschenk........................16

Der Start.. 25

Im Schlamm...32

Der Einstieg 38

Das Basislager 47

Der Gipfel 51

Der Abstieg...58

Der Rückweg...63

Nachtrag..68

Heinz Backes auf Tour

Der Bergsteiger

Heinz Backes war Bergmann.
Er erblickte das Licht der Welt im Schatten eines Förderturms, und zwar im Wohnzimmer im Haus seines Großvaters auf dem Sofa. Das geschah in der Grubensiedlung Hinterfeld. Mit vier Jahren kam er in den Kindergarten, auch „Spielschule" genannt.
Nach der 8. Volksschulklasse begann er, wie die meisten seiner Altersgenossen, eine Lehre als Hauer im Bergbau. Das hieß, ab seinem 14. Lebensjahr fuhr er täglich 800 Meter tief in den Schacht und „*machte Kohle*".
Kurz nachdem er es zum Hauer gebracht hatte, musste er zur Bundeswehr. Es blieb die einzige Unterbrechung seiner Bergmanns-tätigkeit. Er kam zu den Pionieren und war geschickt im Umgang mir schwerem Gerät, so dass er mehrfach vom Spieß gelobt wurde.

Heinz verließ das Militär als Obergefreiter und setzte seine Arbeit auf der Grube fort. Jahrelang schuftete er im heißen und staubigen Kohlenflöz. Vor Ort, im dunklen Streb, war von Heinz oft nur das Weiße seiner Augen zu sehen.

Wenn er am Schichtende *"ausfuhr"*, klebte ihm schwarzer Kohlenstaub im Gesicht. In der Waschkaue musste er seine Augen mit Seife waschen, damit er nicht mit schwarzen Augenrändern *„über Tage"* herum lief. Nach dem Duschen sah man in seinem bleichen Gesicht auch deutliche blaue Narben. Sie waren die Spuren, die das vom *"Hangenden"* herabgefallene Gestein in seinem Gesicht hinterließen.

Heinz Backes war ein kräftiger Kerl. Zusammen mit seinen Kumpels baute er im Bergarbeiterverein sein eigenes Haus. Natürlich zimmerte er auch einen Hasenstall und Taubenschlag sowie einen Stall für Hühner.

Die Familie

Heinz war verheiratet mit Ilse. Seine Mutter Klara wohnte unweit von ihnen auf der anderen Seite des Dorfes. Heinz und Ilse hatten drei Kinder, die Töchter Sonja und Tina sowie den Sohn Mark. Die ältere Sonja (20) war – wegen der „Spießigkeit" ihrer Eltern – schon früh ausgezogen. Tina (14), ging noch zur Schule. Sie war mit ihren Freundinnen Babs und Kim über Face book stark vernetzt. Zur Zeit der Besteigung des Mount Maybachs war der spät geborene Sohn Mark gerade acht Jahre alt.

Mark spielte in der Schülermannschaft des Fußballvereins SV Hellas als Tormann. Zur Familie gehörten auch eine Französische Bulldogge namens Schnauzi, sowie sieben Stallhasen, ein Dutzend Tauben und ein paar Hühner.

Doch nun zurück zum Familienvater Heinz.

Nach Jahren im Schacht bekam Heinz, wie schon sein Großvater, sein Vater und fast alle seine Kameraden, die Berufskrankheit Silikose, auch „*Staublunge*" genannt. Obwohl Heinz wegen des Gesteinsstaubes auf seiner Lunge schlecht Luft bekam, sang er doch im Sankt Barbara Kirchen-Chor. Er war Mitglied des Angelsportvereins und aktiv bei der Feuerwehr. Wie später sein Sohn, spielte auch er als junger Mann Fußball beim SV Hellas. Zum Spielen hatte er jetzt keine Luft mehr, aber jeden Sonntag feuerte er seine Hellas lautstark an. Ansonsten trank er täglich drei Bier und aß dazu Weck und Lyoner in der Bergmanns-Kaffeeküche.

Einmal pro Woche „*schwenkte*" (grillte) er mit der Familie und seinen Freunden. Nach der Schicht saß er stundenlang im Taubenschlag. Der rothaarige Heinz ging damit auch der Sonne aus dem Weg. Er bekam nämlich schnell einen Sonnenbrand. Bei der Arbeit in seinem Garten bestand diese Gefahr jedoch kaum.

Sein Garten lag nämlich im Schatten einer hohen Bergehalde, die „Mount Maybach" genannt wurde.

Im Schatten dieses Bergstocks blieben sogar die im Garten wachsenden Möhren für seine Hasen blass! Ilse hätte sich schon mal gerne im Garten gebräunt, aber bei der spärlichen Sonne hätte sie dazu drei ununterbrochene Sommerperioden gebraucht. Zum Bräunen ging sie mit Freundinnen ins Freibad. Mit ihnen traf sie sich auch zum Walking und im Café zum Tortengenuss.

Schicht im Schacht

Wenn Heinz genug vom vielen Reden seiner Frau hatte, verdrückte er sich zum Angeln oder er saß vorm Hasenstall und kaute Kautabak. Er war fleißig, bescheiden, zufrieden und gottgläubig, aber nicht fromm. Bei Ilse war das anders. Sie besuchte regelmäßig den Gottesdienst und ging auch zur Beichte.

Bestimmt hätte Heinz es verdient gehabt, sich mal am Mittelmeer oder in den Alpen auszuspannen. Doch seine Frau Ilse sagte: „Am Meer oder in den Bergen können nur die Fahrsteiger Urlaub machen. Wir haben dazu kein Geld. Wenn du mehr Sonn- und Feiertagsschichten machen würdest, dann könnte vielleicht unser Geld dazu ausreichen."

Heinz meinte: „Das Mittelmeer muss es gar nicht sein. Ein Familienurlaub am Watzmann tut es auch."

Von einer Besteigung des Watzmann träumte er schon seit seiner Jugend. Damit er das endlich mal verwirklichen könnte, hätte er sogar gerne an Sonn- und Feiertagen geschuftet. Dann wäre das nötige Geld bald zusammengekommen.

Aber wer hätte in der Urlaubszeit die Hasen, Tauben und Hühner gefüttert? Es wäre niemand da gewesen! Außer Oma Klara, aber sie wohnte zu weit weg. Sie war auch zu alt, als dass sie jeden Tag zu Fuß zum Füttern hätte kommen können. Außerdem hatte sie ab und an schon Gedächtnislücken. Also blieb der Watzmann für Heinz ein „*Mount Nichtkann*".

Nun kam die Zeit, in der die Kohle, die seine Kumpels und er schürften, zu teuer wurde. Mit der Kohle, die aus China und sogar aus Australien eingeführt wurde, konnte die von Heinz geschürfte Kohle nicht mehr konkurrieren. Seine Grube wurde dicht gemacht. Der Bergbaukonzern, bei dem er seit seinem 14. Lebensjahr arbeitete, bot ihm an, in einem 300 Kilometer entfernten Bergwerk neu einzufahren. Was sollte Heinz nun machen? Sein Haus verkaufen und mit Ilse, Tina, Hund und Hasen wegziehen?

9

Sollte er seine Kumpels, den Sportverein und den Anglerverein im Stich lassen?

Sollte er irgendwo hin, wo die Leute seine Heimatsprache nicht verstehen? Dorthin, wo es noch nicht einmal richtige Lyoner gibt?

Die von der Bergbaugesellschaft boten ihm auch an, in seinem Haus wohnen zu bleiben und Wochenendpendler zu werden. Das würde sich für ihn sogar finanziell lohnen. Er bekäme dann ja Trennungszulagen und Auslösung. Andererseits könne er auch gerne mit einer Abfindung als Frührentner ausscheiden.

Gehörte er etwa schon zum alten Eisen?

Heinz war ratlos. Er besprach das Problem mit Ilse. Ilse meinte: „Ich hätte kein Problem damit, wenn du nur am Wochenende zu Hause wärst. Ich käme über die Woche auch ohne dich gut zurecht. Schließlich hatte ich die Kinder auch ohne dich aufgezogen. Du warst ja immer auf der Schicht. Und nach der Schicht warst du so gut wie nie da. Entweder hattest du am Haus oder am Hasenstall gebaut. Wie oft warst du zum Angeln weg? Warst beim Taubenzuchtverein oder beim Fußball? Geh nur! Mach das mit dem Wochenendpendeln ruhig. Ich schaff das hier alleine. Und die Auslösung könnten wir gut gebrauchen"

Kopfschüttelnd fügte sie hinzu: „Dich als Rentner ständig um mich herum zu haben, das halte ich sowieso nicht aus."

„Aha, das Geld ist dir lieber als dein Mann! Ich habe lange genug die Knochen hingehalten, habe Silikose und will nicht mehr *einfahren*. Der Meier Erich hat auch die Abfindung genommen und ist hier geblieben. Mit Erich könnte ich jeden Tag spazieren gehen. Dann wäre ich dir auch aus den Füßen. Und Wandern würde meiner Lunge gut tun."

„Ja, ja, **du** und wandern! Ihr Beide kämt doch nur bis zur Hütte vom Angelsportverein. Dort würdet ihr den ganzen Tag sitzen und Flaschenbier trinken."

Heinz diskutierte nicht mehr länger mit seiner Frau. Er machte seine letzte Schicht, nahm die Abfindung und wurde Frührentner. Zunächst wusste er nicht, was er mit soviel Nichtstun anfangen sollte. Ständig lief er Ilse in den Füßen herum. Ilse dachte manchmal: „War das schön als der noch Mittag- oder Nachtschicht hatte!"

Und so ergab es sich, dass sich die Familie Backes noch um den Sohn Mark erweiterte. Mark war sozusagen das Ergebnis der Frührentnerlangeweile von Heinz. Ilse war dabei schon Spätgebärende und mied als „Oma-Mutter" den Kontakt mit Jungmüttern.

Sie trug sich sogar mit dem Gedanken den sexuellen Lapsus zu beichten. Schließlich war sie schon weit über 40! Jedenfalls duldete sie fortan ihren Heinz nur noch ungern in ihrer Küche. „Wann gehst du endlich mit dem Meier wandern? Oder zum Angeln an den Saugrubensee?", fragte sie fordernd ihren Mann.

Heinz wusste, was die Uhr geschlagen hatte. Er mied die Küche und das frühe Zubettgehen. Doch nicht jeden Tag gelang es ihm, zu wandern und Flaschenbier in der Hütte des Angelvereins zu trinken. Regelmäßig wurde er von Ilse auch zum Rasenmähen und Heckenschneiden in den Garten abkommandiert. Wenn es so kam, dann ließ er sich viel Zeit für die Arbeiten. Oft rief Ilse aus dem Fenster: „Man könnte gerade denken du hättest dein Bett im Garten gemacht, so lange dauert das bisschen Gartenarbeit bei dir! Du musst doch noch den Gehweg kehren und Altmaterial zum Wertstoffhof bringen. Könntest auch mal deine Bierkästen selber heranschaffen."

Hasen am Watzmann

Nun ja, Heinz verstand es, Entspannungspausen in Ilses Aufträge einzubauen. Er gönnte sich gerne eine Auszeit bei seinen Hasen. Dann saß er entspannt vor dem Hasenstall und *„priemte"* (kaute) nach alter Gewohnheit Kautabak.

So war es auch, als er darauf wartete, daß sein Rammler Eberhard endlich die Sache mit dem Hasennachwuchs besorgte. Eberhard, ein "Belgischer Riese", besaß dabei Ausdauer. Unterdessen wanderten die Blicke von Heinz immer mal hoch zum Gipfel des benachbarten Mount Maybach. Oben auf dem Berg stand – wie auf dem Watzmann – ein Gipfelkreuz.

War auch sonst seine Sicht auf den Gipfel gedankenlos, so nicht jetzt, beim Warten auf den Akt im Hasenstall! Seine Augen begannen zu leuchten. Er sprang freudig auf und spuckte den Kautabak aus. Die braune Prim zog ihre Bahn in Richtung Hasenstall und blieb im Draht des Verschlags hängen. Eberhard ließ vor Schreck von der Häsin Schnucki ab, machte einen Satz, donnerte mit dem Kopf gegen die Stallwand und fiel vor Schnucki ins Stroh.

Normalerweise hätte Heinz sofort nachge- schaut ob der Chef im Stall sich verletzt hätte, doch nicht jetzt. Heinz schaute gebannt zum Gipfelkreuz. Er hatte eine bestechende Idee. Eine richtige Bergbesteigung sollte möglich werden! Und zwar eine mit gesicherter Hasenversorgung und ohne Verzicht auf seine täglichen Taubenflugbeobachtungen. Er fand Gefallen an dem Berg, in dessen Schatten die Möhren für seine Hasen so schlecht gediehen.

„Vom Kreuz aus da oben hat man sicher eine gute Aussicht. Es macht bestimmt Spaß da mal hoch zu klettern", sinnierte er.

Schnell wurde er aus seinen Gedanken gerissen: „Oh je, die Hasen! Was macht Eberhard?" Der „Belgische Bock" lag ohne Regung im Stroh.

Hastig öffnete Heinz die Stalltüre um nach dem Tier zu schauen. Als die Türe aufstand, machte Schnucki einen Satz in die Freiheit. Sie hüpfte Haken schlagend durch den Garten, missachtete das Möhrenbeet, kreuzte zwischen Kohlköpfen hindurch und verhedderte sich schließlich in den Ranken der Stangenbohnen.

Heinz ließ den Eberhard liegen und ging auf Hasenjagd. Als er die Häsin im Bohnendickicht greifen wollte, entwischte sie ihm und flüchtete in's Mangoldbeet. Ohne Rücksicht auf das Gemüse stolperte Heinz hinter ihr her.

Ein energisches Rufen stoppte ihn. Ilse rief aus dem Küchenfenster: „Spinnst du! Du zertrampelst mir ja den ganzen *„Rämsch"* (Mangold). Und das nur wegen des alten Karnickels, das noch nie geworfen hat." „Ja, aber heute hätte es bestimmt geklappt, wenn Eberhard nicht ohnmächtig geworden wäre." „Dann kümmere dich um den Rammler und lass die taube Nuss laufen." „Wenn ich sie nicht einfange, schnappt sich der Fuchs noch das Tier. Der hat uns doch letztens erst zwei Hühner geholt."

„Soll er doch! Viel schlimmer ist, dass du gerade den „*Rämsch*" mehr verwüstet hast als letztes Jahr die Wildschweine." „Es geht um meine Zuchthäsin!", protestierte Heinz.

„Mann! Jetzt mach die Stalltüre zu, sonst haut der Eberhard auch noch ab. Und dann komm rein, sonst verpasst du noch deine geliebte Sportschau!"

Die Sportschau ging Heinz natürlich vor allem anderen und er überließ die geflüchtete Schnucki ihrem Schicksal. Insgeheim hoffte er aber, dass die Häsin von selbst wieder zum Stall zurück findet. Es könnte ja doch sein, dass Eberhard es ihr angetan hatte.

Das Schicksal von Eberhard ließ ihn dann aber doch nicht kalt. Er ging zum Stall und sah dass der Rammler – als wäre nichts geschehen – im Heu saß und eine Möhre knabberte. Eine bleiche!

Der glückliche Heinz verriegelte den Drahtverschlag und legte ein paar Möhren als Lockmittel vor den Stall auf den Boden. Sollte Schnucki nicht an Eberhard interessiert sein, dann doch vielleicht an den Möhren, hoffte er und ging ins Haus.

Das Geburtstagsgeschenk

Heinz setzte sich aufs *chaise longue* (Sofa) gegenüber dem Fernsehgerät. Zu Ilses Verwunderung schaltete er das Gerät aber noch nicht ein, obwohl er wusste, dass das Derbyspiel seines FCV's gegen den SVB übertragen wurde.

Stattdessen sagte er freudig: „Ilse, es geht aufwärts!" Sie schaute ihn verständnislos an, dann sagte sie: „Meinst du mit dem F.C.? Warte mal ab, die schaffen es nochmal nicht."

Er wollte gerade: „Du verstehst doch vom Fußball soviel wie von der Hasenzucht", sagen, verbiss es sich aber, denn Ilse jetzt zu brüskieren wäre nicht gut gewesen, weil eine heikle Mission nämlich ihrer Zustimmung bedurfte.

Heinz dachte daran, seiner Frau zum Geburtstag ein außergewöhnliches Geschenk zu machen! Er eröffnete ihr, dass sie demnächst gemeinsam mit den Kindern eine Bergtour machen würden, und zwar im Frühling, wenn man noch nicht so schwitzt.

Ilse reagierte verblüfft: „Wie – richtig auf einen Berg?" „Jawohl, und zwar hoch bis zum Gipfelkreuz!" „Nein! Mach keinen Quatsch. Das ist aber eine Überraschung. – Ach, ich habe ja gar nichts Richtiges zum Anziehen. Da muss ich mir aber vorher noch was Neues kaufen."

„Das ist nicht nötig. Du hast doch die Schränke voll Zeugs. Und da ist für die Tour bestimmt was Passendes dabei. Brauchst auch keine Bergschuhe zu kaufen. Du kannst die alten Wanderschuhe von Oma Klara anziehen. Ich werde meine alten Arbeitsschuhe anziehen, und Tina kann---."

Hastig unterbrach seine Tochter ihn: „Und wer kümmert sich um die Tauben und die Karnickel? Ich jedenfalls nicht! Wenn ihr in die Berge fahrt, dann gehe ich solange zur Oma."

„Du gehst garnix! Wenn wir deiner Mutter mit einem Familienausflug einen lang ersehnten Wunsch erfüllen, dann kommst du mit. Basta!"

Ilse fragte: „Aber Heinz, du hattest doch immer gesagt, wegen der Hasen könnten wir nicht tagelang wegbleiben. Und jetzt geht's doch?"

„Sicher, das mit den Tieren ist kein Problem. Die Tiere kann man ja mal zwei Stunden alleine lassen" Ilse zog die Augenbrauen zusammen. „Wie, zwei Stunden? Wenn wir schon mal zum Watzmann in Urlaub fahren, dann kannst du doch nicht jeden Tag zum Hasenfüttern nach Hause zurück. Für eine Fahrt braucht man doch schon mehr als zwei Stunden. Und dann noch täglich hin und her! Was denkst du denn was das kostet? Alleine die Unterkunft am Watzmann ist doch schon teuer genug. Außerdem passen mir die Schuhe von Klara nicht! Ich muss mir neue kaufen."

17

Heinz erläuterte: „Ach, es gibt einen *Watz-mann* der so nahe liegt, dass ich die Tiere im Auge behalten kann." „Im Auge behalten? Vom Watzmann aus?" „Ja, das ist so: Wir machen einen günstigen Urlaub, ohne Essen im Restaurant und ohne Trinkgelder geben zu müssen." „Willst du etwa in einer Imbissbude essen, wo man keine Trinkgelder geben muss?" „Wir schlafen auch nicht in fremden Betten. Kochen tust du selber und die Fahrtkosten können wir auch sparen."

Das „Nicht in fremden Betten schlafen" hatte Ilse wohl überhört, denn ihre Reaktion be-schränkte sich auf seine Aussage bezüglich des Essens. „Gut, in einer Ferienwohnung könnte ich ja kochen, aber wie willst du denn zu Fuß bis zum Watzmann kommen?" „Ich bin doch noch gut zu Fuß. Bis dort hin schaffe ich das spielend", ergänzte jedoch, „nur beim Aufstieg könnte mir meine Staublunge zu schaffen machen." „Jetzt verstehe ich gar nichts mehr!" „Ach Mama", sagte Tina, „Papa weiß doch überhaupt nicht, wo der Watzmann ist. Und bis zum Gipfelkreuz hochkraxeln, das schafft der doch nie. Ich bleib auf jeden Fall zu Hause. Dann könnte ich meine Freundinnen mal zu einer zünftigen Party einladen. Mir würde es ohne euch schon nicht langweilig werden." „Das wirst du schön sein lassen! Du kommst mit und Mark auch", polterte Heinz.

Tina stampfte mit dem Fuß auf den Boden und schaute schmollend zum Fenster hinaus.

Ilse war ratlos: „Jetzt sag mal, was redest du denn da eigentlich von „Watzmann ganz nahe"? Wenn es einen Watzmann in der Nähe gäbe, dann müsste ich den doch schon gesehen haben. Oder hat mir die Bergehalde nebenan immer den Blick versperrt?" „Du sagst es. Für den Berg nebenan hattest du noch nie ein Auge. Das ist der *Watzmann*, den ich meinte." „Was? Jetzt spinnst du aber! Du willst auf die Bergehalde? – Aber nicht mit mir!"

Tina drehte sich um und verkündete: „Mit mir auch nicht".

Der kleine Mark meldete sich freudig: „Papa, wenn wir dann den Fuchs sehen, der immer die Hühner klaut, dann verhauen wir den aber." Ilse konterte: „Mark, du bleibst unten! Das ist nichts für kleine Jungs." „Ich bin aber schon in der dritten Klasse", sagte der Kleine weinerlich.

Tina rief sofort: „Au prima! Papa, wenn der Zwerg nicht mit darf, dann gehe ich doch mit. Ganz alleine mit dir. Das wäre geil! Von meiner Klasse war noch niemand auf einer Bergehalde. Dann mache ich von oben ein Selfie und schicke es allen meinen Freundinnen."

Die besorgte Mutter wollte ihre Tochter ebenso nicht hoch lassen.

Sie stoppte die Überlegungen ihrer Tochter mit: „Langsam, langsam. Auf die Halde zu klettern ist viel zu gefährlich für dich. An manchen Stellen brennt die Halde doch noch. Und außerdem lässt der Grubenhüter euch da gar nicht rauf."

Heinz beschwichtigte: „Ach Ilse. der Grubenhüter, der jetzt dort Wache hält, ist Hassdenteufels Alois. Der war mal mein Partiemann. Alois schafft jetzt noch solange über Tage, bis die Umwidmung der Bergehalde abgeschlossen ist. Mit dem komme ich klar." „Wie, du kommst klar?" „Der bekommt eine Rolle Kautabak, dann freut er sich." „Aber die Wildschweine, die dort hausen, sind doch gefährlich?" „Für die nehme ich den Schnauzi mit. Der wird uns die Sauen vom Hals halten." „Lieber Papa", meldete sich Tina, „ein Keiler würde den kleinen Hund doch mit einem Schnauzenschlag meterweit durch die Luft schleudern." Ilse entrüstete sich: „Von wegen ein Urlaub in den Bergen als Geburtstagsgeschenk! Denkste! Statt dessen ein Familienausflug auf die Bergehalde! Kein Mensch kommt auf so eine bekloppte Idee!" Für kurze Zeit herrschte Schweigen in der Küche. Ilse sah zum Fenster hinaus und fügte etwas düpiert hinzu: „Von mir aus mach's doch, du Verrückter! Du machst ja immer was du willst. Ich gehe da jedenfalls nicht hoch."

Mit ernster Miene drehte sie sich zu Heinz um und ordnete mit fester Stimme an: „Und die Kinder gehen auch nicht mit!"

Jetzt schallte ihr der Protest der restlichen Familienmitglieder, einschließlich des Gebelles von Schnauzi, entgegen. Der achtjährige Mark fragte noch: „Warum heißt unser Hund eigentlich Schnauzi? Der hat doch gar keine richtige Schnauze. Der hat doch nur zwei große Nasenlöcher überm Schlabbermaul."

„Und mit den große Ohren sieht er aus wie eine Fleder-maus", fügte Ilse hinzu.

Ilse Backes war schon immer gegen den Hund, weil er ständig ihre ganze Küche versabberte. Von ihr aus dürfte ein Keiler ihn ruhig zur Strecke bringen.

Nach dem Familienprotest war Ilse zwei Tage lang ziemlich wortkarg. Die Enttäuschung darüber, keinen Alpenurlaub machen zu können, hatte sich tief bei ihr eingenistet. Heinz ignorierte ihr Stimmungstief. Er ging in den Kohlenkeller zu der Kiste, in der er die Arbeitskleidung aus seiner aktiven Zeit gelagert hatte. Daraus kramte er seine alten Arbeitsschuhe hervor und trug sie in die Küche.

Ilse protestierte: „Stell die ja nicht hier ab! Die sind ja noch voll Kohlendreck. Was willst du denn mit den alten Dingern?" „Auf den Berg gehn."

„Dann geh in die Waschküche und spül den Dreck ab. Bis ihr auf den blöden Berg geht, kannst du die Dinger draußen auf den Balkon stellen." Ansonsten stellte Ilse sich taub, wenn Kurt über die Bergbesteigung sprach.

Als der Tag der Bergtour näher rückte, gab Ilse dann doch noch Empfehlungen hinsichtlich der geeigneten Bekleidung ab. Heinz wehrte sich dagegen einen Regenschirm mitzunehmen. Gegen seine Arbeitsschuhe hatte Ilse nichts einzuwenden. Die Schuhe hatten ja vorne eine Stahlkappe und ihre Sohlen waren mit Nägeln beschlagen. Sie wiederholte jedoch ihr Gebot, dass Tina unten bleiben soll. Das Fräulein hätte keine richtigen Schuhe fürs Haldenklettern. Tina widersprach: „In meinen Slippern klettere ich prima." Tinas Vater fand Slipper ganz und gar nicht bergtauglich. Die wären nach drei Minuten schon kaputt. Tina entgegnete schnippisch: „Und wenn? Ein Paar neue Schuhe für mich sind ohnehin schon lange fällig. Wenn ich keine bekomme, dann kaufe ich mir welche von meinem Taschengeld. Mit solchen Klumpen wie du sie anziehst, läuft doch heute kein Mensch mehr rum." „Komm du mir nachher nur nicht und sag, du hättest ständig Steine in den Schuhen! Und – liebe Ilse, ich sag dir, der Kleine geht auch mit! Der kann ja seine Matschstiefel anziehen."

Er schaute aus dem Fenster und sagte: Jedenfalls marschieren wir am Sonntag gegen neun Uhr los."

Ilse opponierte abermals: „Das geht keinesfalls. Die Kinder müssen doch in den Gottesdienst." „Tina schwänzt sowieso immer und der Kleine kommt Gott am Gipfelkreuz näher als auf einer Kirchenbank. Beide gehen mit", beendete Heinz das Gespräch. Mark jubelte ein Hurra, kramte seine Matschstiefel hervor und fragte seine Mutter: „Gelt Mama, da brauche ich keine guten Sachen anzuziehen?" „Klar, Bergsteiger Mark! Du kannst was anziehen, das schmutzig werden kann", versprach ihm sein Vater. Mark jubelte.

Im Gegensatz zu Marks Begeisterung für dreckverträgliche Klamotten bestand Tina darauf, ihre neuen Leggins und ihren figurbetonten Body anzuziehen. Kurt schüttelte den Kopf: „Wir gehen doch nicht in die Disko!" „Aber wir machen doch Fotos und darauf will ich ordentlich aussehen." „Tina, da hat dein Vater mal Recht. Mit dem guten Zeug klettert man doch nicht im Dreck rum!", bestätigte Ilse. „Dann gehe ich halt nicht mit!" „Ich denke, es ist vielleicht doch besser, wenn du dabei bist, mein Liebes. Du weißt, dein Vater ist nicht mehr so stabil auf der Brust und wenn was ist, dann kannst du mit deinem Handy Hilfe herbeirufen."

„Ach so ist das!", empörte sich Tina, „Ich soll Altenbetreuung machen?" Mark sagte sofort: „Du brauchst doch als Erste Hilfe, weil du mit dem I-Phone in der Hand bestimmt gegen einen Baum läufst." Tina schubste ihren Bruder so heftig, dass er durch die Küche stolperte. „Aua, du blöde Zicke", schimpfte Mark.

Heinz sprach ein Machtwort: „Schluss jetzt mit dem Gezanke." „Die hat doch angefangen." „Stimmt doch nicht. Der hat mich beleidigt." „Hört endlich auf! Wenn man eine Bergbesteigung macht, muss man sich vertragen, sonst kann man sich in einer Notsituation nicht auf den anderen verlassen. Wenn ihr zankt, bleibt ihr beide hier!", ermahnte sie ihr Vater.

„Heinz, alleine gehst du mir auch nicht", sorgte sich Ilse. „Wenn du abstürzt und dann tagelang im Krankenhaus liegst, wer soll denn hier alles mit den Tauben, Hühnern und Hasen machen?" Sofort verkündete Tina: „Ich gehe auf jeden Fall mit. Hühner füttern, nein! Ich kann das verlauste Federvieh nicht leiden. Da vertrage ich mich ja lieber mit meinem Bruder, dem Baby."

„Mama, verlass dich drauf, ich passe auf, dass meine Schwester nicht ständig auf ihr I-Phone stiert und dabei noch abstürzt", versprach Mark seiner Mutter.

„Ja Brüderchen, und Papa wird dich die ganze Zeit an die Hand nehmen müssen, du kleiner Scheißer." „Jetzt ist aber endgültig Schluss!", stoppte Heinz seine Tochter, „Sucht euer Zeug zusammen. Übermorgen geht's los. Und du, Tina, du kannst in Gottes Namen deinen Fummel anziehen. Das Handy hast du ja sowieso dabei, und das ist bei einer Bergtour auch sinnvoll."

Ilse kaufte zwei Ringel Lyoner, drei Doppelweck, zwei Flaschen Bier und zwei O-Säfte. Selbstverständlich auch eine Rolle Drops, ganz so wie sie bei Ausflügen während ihrer Schulzeit die Erfischungsbonbons immer dabei hatte. Tina gab ihren Freundinnen bekannt, dass sie ein großes Abenteuer vorhat. Sie verriet aber nicht welches. Mark füllte seine Schulhefte gänzlich mit Zeichnungen von Bergen und Kletterern.

Der Start

Die Seilschaft startete sonntags, noch vor dem Hochamt. Heinz packte die Verpflegung, die seine liebe Frau Ilse für die Expedition samstags gekauft hatte, in den Rucksack. Dazu verstaute er noch sein mit Essigwasser gefülltes altes Kaffee-Blech.

Ilse fragte: „Was willst du denn mit dem Essigwasser?" „Trinken", antwortete ihr Mann, kurz angebunden.

„Essigwasser löscht den Durst. Das hatte meine Mutter mir früher gegen starken Durst beim Gang ins Freibad mitgegeben. Damit kann man auch Wunden desinfizieren und Umschläge um verstauchte Knöchel machen." „Verstauchte Knöchel! Das fehlt ja noch. Pass nur auf, dass ihr nicht abstürzt oder von einer Gerölllawine mitgerissen werdet. Dort gibt es doch auch viel loses Gestein?" „Mensch Ilse, unter Tage bin ich jeden Tag auf losen Kohlebrocken herumgeturnt. Ich bin trittsicher. Und außerdem ziehe ich ja meine genagelten Arbeitsschuhe, die Schienbeinschoner und meinen alten Grubenhelm an." „Heinz, das kann ja reichen, aber was ist mit den Kindern?" „Mark zieht anstatt der Gummistiefel seine Fußballschuhe und den Fahrradhelm an. Das ist doch besser."

Sein Sohn war begeistert und rief: „Au geil. Mit Fußballschuhen! Darf ich dann auch meinen Ball mitnehmen?" „Bruder, was bist du doof! Der Ball rollt dir doch nach dem ersten Schuss bis in die Schachtbach-Klamm hinunter!"

Was den Ball anbelangte, pflichtete Heinz seiner Tochter bei, sagte dann aber zu ihr: „Und anstatt der Slipper würdest du doch besser Turnschuhe oder deine Schneeboots anziehen. Eine Kopfbedeckung brauchst du auch.

Gegen herabrollende Steine solltest du die Mütze anziehen, die deine Mutter sich aus dem Fell der letzten Hasenschlachtung genäht hatte." „Aber Papa, Schneeboots und Hasenfellkappe! Wie sieht das denn aus? In den Klamotten könnte ich ja kein einziges Foto von mir an meine Freundinnen posten. Außerdem würde ich mich in dem Zeug ja kaputt schwitzen. Und Schnee liegt auf deinem „Watzmann" auch keiner. Schneeboots anzuziehen wäre also absoluter Unsinn." „Tina, Papa hat dir doch gesagt, Slipper sind nicht berggerecht. Wenn du die anziehst, dann musst du unten bleiben. Papa geht sowieso lieber mit mir alleine auf den Berg", freute sich Mark. „Du Minipixel, du bleibst als erster unten. Dich muss Papa doch noch im Rucksack auf den Berg tragen!" „Blöde Selfie-Zicke", war Marks Antwort.

Heinz platzte der Kragen: „Mark – und auch du, Tina – jetzt reicht's aber endgültig! Bergsteigen ist kein Kinderspiel",

Tinas Kleiderfrage blieb für ihn weiterhin ein Problem. Er forderte Ilse auf: „Sag du doch auch mal was deine Tochter anziehen soll." „Ich sagte es ja schon, wenn es nach mir ginge, dann sollte Tina unten bleiben. Die Sache ist nichts für junge Mädchen."

Tina empörte sich: „Jetzt hört`s aber auf! Frauen klettern sogar auf den Mount Everest.

Und was der Knirps da kann, das kann ich schon längst!" Ihrem Vater gegenüber bestand sie darauf, dass Slippers ebenso gut wie Turnschuhe wären. Sie zog ihre Sonntags-Slippers an und setzte Mutters Fellmütze auf den Kopf. Als Mark sie so sah, brach er in Gelächter aus: „Mit den geilen Slippern und dem Hasenfell auf dem Kopf siehst du aus wie ein Trapper in der Disko!"

„Geht jetzt und packt euren Kram zusammen. In zehn Minuten ziehen wir los", befahl Heinz. Er nahm seinen Equipment-Zettel, packte außer dem Proviant noch eine Tube Senf, eine 20 Meter lange Wäscheleine, Hansaplast und eine elastische Binde ein. Für Schnauzi fügte er noch einen Schweinsohr-Cracker hinzu. Danach ging er in die Garage, um Ilses Walking-Stöcke von der Wand zu nehmen. Die wollte er zur trittsicheren Bewältigung heikler Passagen mitnehmen. Insbesondere aber zu Tinas Sicherheit.

Die Rucksäcke waren gepackt und alle hatten ihre individuelle Bergsteigerkluft an. Heinz rief die Seilschaft zusammen. Er machte eine Routenbesprechung und gab Instruktionen zur Bergsicherheit und Bergrettung. Dann sagte er wie gewohnt: „Glück auf!", machte Schnauzi an die Leine, gab seiner Frau einen Abschiedskuss und bat sie inständig, die Hasen zu füttern und sich um die Tauben zu kümmern.

Nachdem alles gesagt war, stapfte die Mannschaft los. Als die drei mit dem Hund das Haus verließen, rief Ilse ihnen noch nach: „Pass mir nur gut auf die Kinder auf, Heinz. Ruft an, wenn ihr oben angekommen seid. Auch bevor ihr zurückkommt. Habt ihr auch genug zum Essen mit? Auch was für den Hund?" Tina antwortete: „Zum Mittagessen sind wir wieder zurück. Den lächerlichen Hügel schaffen wir doch in zwei Stunden rauf und runter."

50 Meter vor dem Pfad auf den sie abbiegen wollten sagte Heinz: „Stopp! Ich nehme doch besser meinen leichten Spitzpickel mit. Man weiß ja nie ob wir Trittstufen hacken müssen. Bin gleich wieder da." „Papa, ich komm mit und hole noch den Klappspaten aus deiner Bundeswehrzeit aus der Garage. Für den Fall, dass wir uns eingraben müssen", meldete sich Mark.

Heinz und Mark drehten um und gingen zum Haus zurück. Tina schaute ihnen nach und stampfte mürrisch mit dem Fuß auf die Straße. Sie zischte: „Diese Männer! Jetzt lassen sie mich wegen irgendeines überflüssigen Spielzeugs hier mitten auf der Straße stehen." Sie rief ihnen noch nach: „Lass den Hund doch hier." Mark rief ihr zu: „Hast du ohne Hund jetzt Angst?"

In Gedanken versunken wanderte Tina, ohne auf die verabredete Route zu achten, weiter. Ein Sorge erfasste sie dabei vollends: „Hoffentlich läuft mir Tobi jetzt nicht über den Weg. Wenn der mich so sieht! In diesen Klamotten! Dann geht der ab morgen mit Babs!" (Tobi war ihr Schwarm aus der 9. Klasse.)

Sie merkte plötzlich, dass sie schon zu weit gegangen war. Schnell lief sie zurück bis zur Einmündung des von Heinz geplanten, von der Straße abzweigenden Anmarschwegs. Es war ein heckengesäumter Pfad den er zum „Watzmann" nehmen wollte. Sie bog in den Pfad ein und versteckte sich hinter einem Busch. Kein Tobi hätte sie hier entdecken können.

Als Heinz und Mark mit ihren „Spielzeugen" vors Haus traten und nochmal loszogen, war Tina nicht mehr zu sehen. Heinz schaute in ihre Wanderrichtung und sagte zu Mark – ohne ihn anzusehen: „Sie ist bestimmt am Pfad vorbei gelaufen. Die ist wie ihre Mutter. Der fehlt auch jeglicher Orientierungssinn."

„Nee Papa, Tina hat sich bestimmt verdrückt. Die klettert doch nicht gerne. Und Angst vor Wildschweinen hat sie auch." „Das glaube ich nicht. Sie wollte unbedingt mitgehen. Komm Junge, wenn sie merkt dass sie am Pfad vorbei lief, wird sie umkehren und zurückkommen. Wir gehen schon mal langsam voraus."

Die Beiden bogen talwärts in den Pfad ein. Nach ein paar Metern sprang Schnauzi kläffend vor einer Hecke herum. Tina trat hinter der Hecke hervor. Ihre Wanderkumpane erschraken. Heinz fauchte sie an: „Was soll der Quatsch!", Und Mark zischte: „Hast du sie noch alle, du blöde Ziege!" „Hhch, ich habe mich ja gar nicht versteckt um euch zu erschrecken. Ich habe mich ja wegen To..."

Sie sprach nicht weiter. Aber Mark ahnte, was sie sich verkniff: „Wegen Tobi. Der hätte sich tot gelacht, wenn er dich so gesehen hätte." „Es ist jetzt gut Kinder, wir müssen weiter. Wir haben schon eine Viertelstunde verloren."

„Ja, nur wegen eures Männer-Spielzeugs", kommentierte Tina den Zeitverlust.

Wortlos und ohne zu bellen marschierten und trippelten sie bergab. Heinz wollte den Mount Maybach – seinen *„Watzmann"* – von Nordwesten aus angehen. Das hieß, ihr Anmarsch führte durch eine Tal-Lage, die von Südwesten auf das Bergmassiv zulief. Im Tal angelangt, schien ihnen der majestätische, graue Riese schon zum Greifen nahe. Tina schaute zu dem Berg, der gelegentlich seinen Schatten bis auf die Möhren im Garten ihres Vaters warf, und fragte: „Da müssen wir hoch?" „Na klar, ’s ist so steil wie am Watzmann", antwortete Mark. „Nun ja, an unserem *Watzmann* sind wir aber schneller oben", beruhigte Heinz.

Dann befleißigte er sich, den Mount Maybach geographisch einzuordnen: „Der Maybach-Bergstock ist Teil eines Gebirgszuges, der im Kohlwaldviertel beginnt, über die Reden-Hochalm hinweg zieht und sich bis zur Hohen Wipp etwas absenkt. Er umgeht den Saugrubensee und steigt zum Mount Maybach nochmal steil an. Kaum an Höhe verlierend setzt er sich bis zum Mount Lydia weiter fort, um schließlich im kahlen Jägergipfel zu enden."

Nach fünf Minuten Fußmarsch hatten sie das Tal erreicht. Nur undeutlich erkennbar endete hier der Pfad. Sie waren am Rand der Hauer-Hennes-Senke angelangt. In der Senke breitete sich eine Flotationsfläche aus. Sie entstand durch die von den Hängen des Mount Maybach abgespülten, schluffigen Gesteinsbestand-teilen, die vom Schachtbach in die Senke transportiert wurden. In der Mitte der Senke bildete sich ein von Schilf umkränzter flacher Teich. Hinter dem Schilf war der Rand der Senke von Schlamm bedeckt.

Im Schlamm

Für die Bergsteiger galt es den schlammigen Boden dieser Ebene an den trockensten Stellen zu überqueren. Das war nicht ungefährlich, denn es gab Stellen, deren schlammigen Unterboden man kaum erahnen konnte.

Das veranlasste Heinz dazu seinen Kindern zu sagen: „Passt auf, wenn ihr auf die feuchten Stellen tretet, dann könntet ihr bis an die Waden oder sogar ganz einsinken." „Ich weiß Papa, wir spielen manchmal hier und ich kenne die trockenen Stellen. Außerdem habe ich beim Spielen ja immer Gummistiefel an. Da macht mir die Matsche nichts aus." „Du sollst doch hier nicht spielen, hab ich dir schon hundert Mal gesagt. Das ist zu gefährlich.", stutzte Heinz seinen Sohn zurecht. Doch Mark hatte nicht zugehört. Ihn interessierten die Tierspuren im Schlamm zu sehr. „Schau mal Tina, das sind Wildschweinspuren", meldete er die Entdeckung seiner Schwester. Und schon schrie er laut auf! War doch Papas „Trocken-stellenkenner" auf einen feuchten Fleck getreten und mit dem rechten Fuß im Schlamm versunken!

Da es hieß, man könnte auch völlig versinken, warf Mark sich, wie ein Tormann, mit ganzem Körper auf eine benachbarte, trocken aus-sehende Oberfläche. Heinz schimpfte: „Ver-dammt nochmal! Mark, kannst du nicht auf-passen? Dass ausgerechnet dir sowas passiert! Ich dachte, du kennst dich hier aus, du Schlammhüpfer." Natürlich wollte er Mark sofort mit der Hand hochziehen, wegen seines hohen Eigengewichtes konnte er aber nicht nahe an die Unglücksstelle herantreten.

Also griff er schnell einen Ast, den Ober-
flächenwasser auf die Ebene gespült hatte und
reichte das eine Ast-Ende Mark. Der Junge
fasste den Ast und mit einem Ruck zog Heinz
seinen Sohn aus der Morastfalle heraus.

Mark war gerettet, jammerte jedoch trotzdem:
„Mein schöner Fußballschuh ist weg!"

Sein rechter Fuß war zwar frei, aber am Fuß
fehlte der Schuh! Der steckte noch im
Schlamm. Augenblicklich kniete sich der
Hellas-Tormann nochmal auf den Schlamm
und begann mit beiden Händen an der
feuchten Stelle zu graben. Nach hektischem
Buddeln bekam er den Schuh zu fassen und
zog ihn mit großer Kraftanstrengung aus dem
Schlamm. Nun stand Mark schwarz ver-
schmiert am Leib, an den Händen und im
Gesicht vor seinem Vater.

Stolz sagte der Kleine: „Papa, gelt, damit ich
nicht versinke, war's doch richtig dass ich mich
hingeschmissen hatte." Es folgte ein väter-
liches Lob. „Ja mein Sohn, das war okay, nur
gut, dass die Stelle auf die du gefallen bist,
trocken war. Jetzt hast du dich aber ganz
schön versaut. Okay, wenn der Dreck trocken
ist, können wir ihn abklopfen. Den Schuh
bekommen wir mit Wasser wieder sauber. Das
machen wir gleich am Bachlauf. Dort waschen
wir auch dein Gesicht und vor allem deine
Hände."

Natürlich krümmte sich Tina vor Lachen. „Du verschmierter Schlammtaucher. Wenn Mama das mitkriegt, dann setzt es was." Heinz seufzte: „Lass es jetzt gut sein, Tina, und mach den Schnauzi an die Leine, sonst versinkt der auch noch im Matsch. Oder er riecht ein Wildschwein und rennt ihm noch ins Schilf nach." „Ach Papa, mit der platt gedrückten Nase kann der doch gar nicht riechen. Das ist doch ein nasenloser Hund!", meinte sie und machte den Hund dennoch am Halsband mit der Flexi-Leine fest. Sie hielt den Haltegriff jedoch noch nicht ordentlich in der Hand, als eine Ente aus dem Schilf heraus watschelte. Da hetzte Schnauzi unverzüglich samt Leine dem laut quakenden Vogel entgegen. Die Ente machte kehrt und flüchtete durch den Schilfgürtel ins offene Wasser. Schnauzi kam nicht so weit!

Die Flexi-Hundeleine verfing sich mit ihrem Griff im Röhricht. Die Französische Dogge wurde so abrupt gestoppt, dass es sie mit ihrer nasenlosen Schnauze kopfüber in den Ufer-schlamm zog. Mark triumphierte: „Tina, du bist noch zu blöd um einen Hund an der Leine zu führen. Das werde ich Tobi morgen erzählen." „Waaaag dich, du Petze, dann werde ich Mama erzählen, dass du immer an den Schlammweiher zum Spielen gehst", zischte seine Schwester

Tina wagte sich vorsichtig ins Schilf, um den Hund zu retten. Im Schilfgewirr bekam sie den Leinengriff zu fassen. Mit einem Ruck zog sie den armen Schnauzi an der Leine durchs Schilf bis auf festeren Boden zurück. Der Hund schnäuzte sich den Schlamm aus den Nasenlöchern. Dann schüttelte der kurzbeinige Rollmops seinen Kopf so heftig, dass die Schlammklümpchen aus seinen Ohren flogen. Tina schrie ein erbostes: „Igitt! Du Ferkel! Die Flecken bekommt Mama ja nie mehr aus meiner Hose raus!" „Mama schafft das mit Eau de Javel", meinte der Schlaumeier Mark. „Du Schlaukopf. Dann sind die Flecken weg und der Stoff darunter auch", konterte seine Schwester. Mark schaute den Hund an und stellte fest: „Mit den schwarzen Flecken auf dem weißen Fell sieht Schnauzi jetzt aus wie ein Dalmatiner mit Stummelbeinen." „Bruder, du musst ganz still sein. Mit dem Schlamm im Gesicht siehst du doch aus wie ein gefleckter Zombie.", spottete Tina.

Heinz fasste die Hundeleine und sagte: „Mark, wenn wir an den Schachtbach kommen, waschen wir dich, und der Hund wird sauber gespült." Der Bach dampfte. Eigentlich war er ein künstlicher Bach, denn er bestand überwiegend aus Wasser, das aus voll gelaufenen Kohlenflözen der stillgelegten Grube hochgepumpt wurde.

Heinz wusch darin seinen Sohn so gut es ging. Völlig überrascht stellte er dabei fest: „Mensch, das Wasser ist ja angenehm warm!" Der Bub erwartete eigentlich kaltes Gebirgswasser und wollte schon seinen Vater bitten, mit dem Waschen zu warten bis sie nochmal zu Hause sind. Weil das Bachwasser aber warm war, ließ er es geduldig über sich ergehen.

Das Schrubben war jedoch nicht zufriedenstellend. Ein leichter Grauschleier blieb haften. Dazu klebte ihm immer noch pechschwarzer Kohlenschlamm an einem Auge.

Heinz tröstete: „Wenn du Schnauzi sauber spülst, wird sich wenigstens der schwarze Dreck unter deinen Fingernägeln lösen."

Der Junge schnappte sich den Hund, stellte ihn in den Bach und sagte: „Schnauzi, das wird dir gefallen. Das Wasser ist so warm wie das in der Wanne, in der Mama dich immer badet." Schnauzi stand bis zum Bauch im Wasser und ließ die lauwarme Dusche ohne zu meutern über sich ergehen. Dann jedoch verlor er die Nerven. Er glitt Mark aus den Händen und tollte im Wasser herum. Er schnappte links und rechts nach etwas Rotem. Mark rief: „Papa, da schwimmen ja Fische herum!" „Lass mal sehen", sagte Heinz, „Das sind ja asiatische Kampffische und Neon Gubbys! Da muss jemand den Inhalt seines Aquariums in den Bach gekippt haben."

Mark fragte: „Und was machen die Fische wenn das Wasser gefriert?" „Das Wasser hier gefriert nicht. In der warmen Brühe können die tropischen Tiere wohl gut überleben." „Toll", meinte Tina, „das muss ich unbedingt Tobi erzählen. Der hat doch ein Aquarium. Vielleicht kann er sich hier schöne Fische fangen." „Und wenn der es war, der die Fische hier in den Bach gekippt hat? Dann sag ich das dem Herrn Hassdenteufel", meldete sich Mark. „Quatschkopf! Ein Grubenwächter ist doch nicht vom Naturschutz", konterte Tina.

Heinz drängte: „Hol den Hund aus dem Wasser. Der soll die Fische in Ruhe lassen. So, und jetzt kommt. Wir haben schon zu viel Zeit verloren. Am echten Watzmann müssten wir jetzt schon umkehren. Hier reicht's zwar noch bis zum Gipfel, aber wir müssen uns beeilen, sonst sind wir vorm Dunkelwerden nicht zurück."

Der Einstieg

Sie wanderten durch die Schachtbach-Klamm bis zum Fuß ihres „*Watzmanns*". Neben Stahl-seilstücken und „*Schießdraht*"*) lag am Fuß des Berges eine halb überschüttete Gruben-bahnschwelle. Unter der Schwelle befand sich eine Höhle. Vor dem Loch lagen Federn und ein paar kleine Knochen.

*)Zünddraht zum Sprengen

Das ließ darauf schließen, dass die Höhle von einem Raubtier bewohnt wird.

Mark rief aufgeregt: „Die Federn da kenne ich doch! Papa, die sind von dem Huhn das du immer „Italiener" genannt hattest. Das war gar nicht weggeflogen. Das hatte der Fuchs geholt." „Sieht so ..."

Heinz kam nicht mehr zu einer Bestätigung dieses Verdachts, denn die Französische Bulldogge sprang aufgeregt kläffend vor dem Höhleneingang herum. Schnauzi dachte wohl, er wäre tatsächlich ein dalmatinischer Jagdhund. Er zerrte an der Leine und wollte unbedingt in das Loch hinein. Mark, der nach dem Warmbad Schnauzis Leine übernommen hatte, ließ ihn gewähren. Der Hund mit den kurzen Beinen hatte keine Probleme aufrecht in die Höhle vorzudringen. Kaum war er in dem Loch verschwunden, ertönte sein heftiges Bellen und ein zweites, nicht nach Hund anhörendes Bellen.

Sekunden später schoss die Französische Dogge mit einem gekürzten rechten Fledermausohr wimmernd aus dem Loch heraus. Die Kinder riefen beide gleichzeitig: „Oh Gott, der blutet ja!" Heinz meinte: „Da sitzt wohl ein Fuchs drin." Mark fragte: „Papa sollen wir den ausgraben? Ich habe doch den Spaten dabei. Dann verhauen wir den Fuchs."

„Nein! Kommt, wir gehen lieber. Das Tier könnte die Tollwut haben. Schnauzi wird das gestutzte Ohr nicht viel ausmachen. Wir werden sein linkes Ohr an die Länge des rechten Ohrs anpassen. Wenn der Fuchs aber die Tollwut hat, wird unser Hund den Biss nicht überleben." „Nee Papa, Schnauzi darf nicht sterben, bitte mach was dagegen!", baten ihn seine Kinder. „Wird schon nicht. Jetzt müssen wir aber endlich hoch."

Durch lichten Birkenbewuchs gingen sie weiter bis zur Seilbahnleite. Ein Aufstieg hier in der Falllinie wäre der kürzeste Weg zum Gipfel, zudem noch frei von hinderlichem Bewuchs. Das war alles gut und schön, aber für den silikosegeschwächten Bergführer wäre er einfach zu steil gewesen.

Dazu kam noch, dass der um den Rest seines Ohres trauernde falsche Dalmatiner sich mit allen kurzen Vieren gegen den Aufstieg stemmte. „Wenn der Hund Zicken macht, nimmst du ihn auf den Arm", sagte Heinz zu Tina und suchte einen bequemeren Einstieg in den Aufstieg.

An der Nordseite oberhalb der Klamm war ein Abbruch in der Bergflanke zu sehen. Eine Kletterei im Umfeld des Abbruchs verwarf Heinz. Denn es war erkennbar, dass es an dieser Stelle häufig Rutschungen mit Steinschlag gab.

Einen Unfall wollte Heinz nicht riskieren. Schließlich konnte man an diesem, außerhalb touristischer Ziele liegenden Bergstock, keine abrufbereite Bergrettung erwarten. Auch keine Hilfe von Alois, schließlich ist der von der Gruben- und nicht von der Bergwacht.

Heinz entschloss sich, den Berg von der Südflanke her anzugehen. Dort steigt der Hang mit geringerem Gefälle aus dem Hinterfelder-Loch hoch. Mit seinem Feldstecher konnte Heinz auch sehen, dass der Berghang in halber Höhe von einem kanzelartigen Vorsprung unterbrochen wurde. Darauf könnten sie – wenn nötig – einen Stopp einlegen. Er entdeckte auch, dass der Absatz nach links oben in einen Grat überging, über den man bequem zum Gipfelplateau gelangen konnte. Heinz wählte die Route in Richtung Kanzel und sagte in alter Gewohnheit: „Glück auf Kumpels, jetzt geht's hoch!"

An den Berghängen des Mount Maybach, also des Ersatz-Watzmanns, wuchsen außer Birken auch Kiefern, Erlen und ein dichtes Brombeergestrüpp. Der Bergwald war wohl das Revier einer Wildschwein-Rotte, denn an einigen Stellen war der Hang sautypisch aufgerissen. Unterhalb solcher Stellen und an baumfreien Flächen hatten Regengüsse und die Schneeschmelzen Erosionsrinnen in den Hang gegraben.

Mark stieg in einer breiten Rinne etwas jugendlich ungestüm hoch. Tina wollte ihm bei dieser sportlichen Aufstiegsvariante nicht nachstehen und folgte ihm. Nach ein paar Schritten zögerte sie jedoch. Der Grund war, dass sie durch die dünnen Schuhsohlen jeden Stein spürte, auf den sie trat. Zur Entlastung der Füße kletterte sie auf allen Vieren weiter. Das hieß, sie grub die Spitzen ihrer Slipper in die steinige Rinne. Das war in zweifacher Hinsicht keine gute Idee. Erstens, weil ihr Schuhwerk sehr darunter litt. Und zweitens, weil der über ihr kletternde Mark ständig Steine lostrat, die Tina an die Hände, an Beine und Füße prasselten. Ein kleinerer Stein sprang sogar hoch und traf Tina am Kopf! Sie schrie auf, als hätte sie einen Schädelbasisbruch erlitten. Die junge Dame schimpfte laut: „Du Blödmann, pass doch auf! Du hättest mich beinahe umgebracht! Wenn ich nicht Mamas Fellmütze angehabt hätte, wäre ich jetzt schwer verletzt."

Damit war die Geschichte dieses Steinschlages noch nicht zu Ende. Am Auslauf der Unglücksrinne hatte sich loses Geröll angesammelt. Die frei liegenden Steine fanden das Interesse von Heinz. Gerade als er sich bückte, um einen Stein aus der Ansammlung heraus zu lesen, trafen ihn die an Tina vorbei rollenden Brokken am rechten Unterschenkel und am Kopf!

Natürlich blieb der Steinschlag bei Heinz folgenlos. Weil der alte Bergmann vorgesorgt hatte, hatte er doch seine Schienbeinschoner und den Grubenhelm an. Abgelenkt durch etwas Glänzendes im Geröll, nahm er das lächerliche Steingebrösel gar nicht war. Er hob einen Stein hoch und rief: „Kinder ich habe Gold gefunden!" Sofort kamen Tina und Mark zu ihm herunter und staunten. Tina fragte: „Ist das wirklich Gold?" „Nein, das ist *Katzengold*". Das ist Schwefelkies und sieht nur so aus wie Gold", erklärte Heinz, und gab das falsche Gold seiner Tochter. Mark meldete sich: „Papa, kann ich auch sowas haben", „Such mal, da liegt vielleicht noch mehr." „Gibst du mir bitte deinen Pickel zum Goldschürfen?"

Bergführer Heinz nahm den Pickel aus dem Rucksack und Mark hackte emsig in der Steinansammlung herum. Er fand aber kein *Katzen-gold*", sondern etwas mindestens genau so Interessantes. Er fand versteinerte Schachtelhalmstücke und Abdrücke von Farnkräutern. Sein Vater erklärte ihm dass die Steine schon 300.000 Jahre alt wären, dass sie aus der Zeit stammen als die Kohle entstand. Heinz erzählte noch, dass sie früher als Kinder auch Versteinerungen gesammelt hätten. Dabei mussten sie immer höllisch aufpassen, dass der Grubenhüter sie nicht erwischte

Damals wären Bergehalden nämlich ver-
botenes Gelände gewesen. Heute sei das nicht
mehr so. Heute gäbe es Bergehalden, auf
denen jeder rumspazieren könne. Man baue
jetzt Aussichtstürme drauf und auf einer
würden sogar Almfeste gefeiert werden.

„Die Steine nehme ich mit nach Hause. Wenn
ich noch mehr Versteinerungen finde. stecke
ich alle in meinen Rucksack", gab Mark
bekannt. Tina meinte: „Bevor du in deinem
Rucksack Millionen Jahre altes Geröll auf den
Berg schleppst, würdest du besser den
Schnauzi im Sack hochtragen."

Eigentlich hatte Mark ja nichts gegen
Schnauzi, doch jetzt wollte er Platz für Versteinerungen im Rucksack frei halten.

Er gab Tina zur Antwort: „Bevor ich den Hund
in meinen Rucksack stecke, ziehe ich ihn lieber
auf seinem Speckbauch an der Leine hoch."

„Du Unmensch! Das wäre ja Tierquälerei",
schimpfte seine Schwester, und zum Hund
gewandt sagte sie: „Fauler Hund, dann werde
ich dich am Ende noch auf den Arm nehmen
müssen."

Mark kletterte, in der Hoffnung, noch mehr
Versteinerungen zu finden, weiter die Rinne
hoch. Da er dabei nochmal Gerölllawinen
lostrat, stiegen Tina, Heinz und Hund aus der
Rinne heraus und wechselten in eine
benachbarte Erosionsrinne.

In diesem Graben lag frei gespültes Eisen. Es war rostiges Bergmannsgeschirr. Darunter konnte auch etwas liegen, das Heinz in seiner aktiven Zeit noch in der Hand hatte. Jetzt war alles nur noch Schrott. Heinz blieb stumm vor dem Schrott stehen, sah ihn an und es erfasste ihn eine tiefe Wehmut.

Tina wurde ungeduldig. Sie mahnte: „Papa, jetzt komm, wir müssen weiter. Ich will nicht bis in die Nacht hier rumkraxeln."

Den Kraxlern stellten sich in der folgenden Passage mehrere vom Wind entwurzelte Bäume in den Weg. Also wich der Backes-Trupp nach links auf eine baumlose Fläche aus.

Über die Oberfläche dieses Hangteils hätte Mark den Schnauzi auch ohne Schürfwunden hochziehen können. Der Hangabschnitt war nämlich ein Schrund, in dem sich feinkörniges Gestein angesammelt hatte. „Sowas gibt es auch am Watzmann. Es heißt Edelgries. Wir versuchen mal in dem losen Zeug weiter zu kommen", sagte der Watzmann-Experte Heinz Backes.

Mit dem Vorwärtskommen war's in dem Gries aber so eine Sache. Bei jedem Schritt nach oben rutschte man nochmal einen halben Schritt – manchmal sogar zwei Schritte – zurück. Dabei halfen Heinz die Wanderstöcke auch nicht.

Sein höheres Gewicht zog ihn heftiger nach unten als es bei den Kindern geschah.

Der Hund kratzte sich mühsam nach oben und Mark versuchte es schließlich auch auf allen Vieren. „Das wird hier nichts. Gehen wir doch besser zurück und steigen zwischen den Birken hoch", entschied der Bergführer.

Sie hatten kaum den Windbruch überwunden, stürmte ein kapitaler Bock zwischen den Bäumen bergab. Mark rief: „Eine Gämse, eine Gämse!" „Das ist ein Rehbock und kein Bergwild, du Dummkopf", belehrte ihn seine Schwester.

Die Französische Dogge wurde nochmal zum Dalmatiner. Schnauzi riss so heftig an der Leine, dass Tina den Halt verlor und strauchelte. Sie wäre beinahe meterweit abgerutscht, wenn eine Birke sie nicht gestoppt hätte. Heinz sagte: „Kein Wunder, mit den Schuhen findest du doch keinen Halt. Komm, ich zieh dich hoch."

Mark musste mal wieder seinen Senf zu dem Vorfall abgeben: „Ha, ha, mit Fußballschuhen wäre dir das nie passiert!"

Damit sowas nicht nochmal passiert, nahm Heinz das 20-Meter-Seil aus dem Rucksack und seilte alle an, außer dem Hund, den nahm er an die Leine.

Das Basislager

Um zu dem von Heinz gesichteten Hangabsatz zu gelangen, führte die trittsicherste Aufstiegsvariante zunächst durch eine breite Falte im Hang. Kurz unterhalb des Etappenziels mussten sie jedoch nochmal aus der Falte nach rechts heraus wechseln. Die Falte verengte sich nämlich zu einem Kamin, der schwierig zu durchsteigen war.

Problemlos gelangten sie so auf den Absatz, der wie eine Kanzel aus dem Hang hervor ragte. Die Oberseite des Vorsprungs bestand aus einem flachen, cirka eineinhalb Quadratmeter großen Plateau.

Diese Kanzel war durch Erosion oberhalb des Vorsprungs entstanden. Dort wurde eine waagerecht im Schutt eingelagertes Stück Förder-Bandgummi frei gespült. Jetzt dichtete das Gummi die Oberfläche der Kanzel ab. Unter dieser wasserundurchlässigen Schicht blieb das Bergematerial in der Größe des Gummis stehen. So fanden die Bergsteiger am Hang des Mount Maybach an exponierter Stelle eine solide Kanzel vor.

Mark fragte: „Gelt Papa, hier war noch niemand? Wir sind die Erstbesteiger?" „Jawohl mein Junior-Kletterer. Wir nennen den Ort Knappenkanzel. Hier schlagen wir unser Basislager auf."

Viel Platz gab es dort ja nicht. Heinz, Tina, Mark und Schnauzi konnten sich nur dicht gedrängt niederlassen.

Mark meldete sich: „Jetzt habe ich aber Hunger." Und Tina wollte O-Saft. Heinz entschied: „Ihr könnt O-Saft bekommen, jeder ein Stück Lyoner und einen halben Weck. Richtiges Picknick machen wir erst auf dem Gipfel." Er öffnete seinen Rucksack, um den Lyonerringel und für jedes Kind einen Beutel O-Saft sowie für sich eine Flasche Bier heraus zu holen. Dem geöffneten Sack entströmte sofort ein frischer Wurstduft. Schnauzi wurde zappelig. Er trat mit den Hinterbeinen über die Bandgummikante und rutschte ab.

Sein Herrchen war Schuld, dass das passierte. Denn, als dieser an dem Rucksack herum fummelte, hielt er den Griff der Flexi-Leine nur locker in der linken Hand. So kam es, dass die Leine durch die nicht gedrückte Sperre rutschte und Schnauzi sie nach unten zog. Reflexartig fasste Heinz mit der rechten Hand nach der Leine und hielt sie fest. Der plötzliche Leinenstopp strangulierte den Hund beinahe. Nun baumelte das 15 Kilo schwere Tier fiepend zwei Meter tiefer am Strang. Schnauzi war zwar vor einem Absturz gerettet, doch zu welchem Preis? Da Heinz mit der rechten Hand nach Schnauzi Leine griff, öffnete er sie und die Lyonerwurst fiel heraus!

Zudem kam noch, dass aus dem offenen Rucksack seine Bierflasche, ein Weck und die beiden O-Saftbeutel für die Kinder kullerten – nebenbei auch Schnauzis Schweinsohr-Cracker. Zu allem Übel fiel Heinz noch der Grubenhelm vom Kopf, als er sich hastig vorbeugte, um die Leine zu fassen.

Alles flog an Schnauzi vorbei in die Tiefe. Vergeblich versuchte der fast erhängte Hund noch den Schweinsohr-Cracker zu schnappen, doch er bekam das Maul nicht auf. Die Kinder verfolgten insbesondere den Weg, den die Wurst nahm. Heinz verfolgte seine Kopfbedeckung und rief: „Scheiße! Hätte ich den Helm doch nur zu Hause gelassen!"

Der Wurstringel rollte wie ein Reifen den Hang hinunter und schlingerte zwischen den Baumstämmen hindurch, bis er gegen ein großes Gesteinsstück prallte. Das stoppte seine Reise aber noch nicht! Der Ringel hüpfte in weitem Bogen hoch durch die Luft, setzte elastisch auf und rollte weiter bis zum Fuß des Berges. Unten wurde er durch Brombeerranken gestoppt, kippte um und blieb liegen. Der Helm sauste polternd der Wurst hinterher. Doch am unteren Ende des „Edelgries" verschwand der Helm plötzlich aus der Sicht. Man hörte keine Aufschläge mehr, sondern nur einmal noch ein hohles Knacken.

Nach kurzem Schweigen sagte Heinz: „Wenn wir absteigen, suchen wir den Helm und holen uns die Lyoner aus der Hecke." „Und was ist mit deinem Bier und unserem O-Saft?", fragte Tina. „Nix mehr! Die Bierflasche ist zerschellt und die Fruchtbeutel sind zerplatzt", sagte Heinz lakonisch. Mark bedauerte, dass der Weck weg war und jetzt zum Futter der Wildschweine wurde. Im Moment gab es nichts mehr zu retten, außer Schnauzi. Der hing immer noch erstaunlich ruhig an der Leine. Heinz zog ihn hoch und die Kinder wetteiferten darum ihn zu streicheln.

Es gab keinen Grund mehr weiter auf der „Knappenkanzel" zu rasten. Sie brachen auf, um über den vom Bergführer von unten gesichteten Grat den Gipfel zu erreichen. Er seilte bzw. leinte alle wieder an und ging voran. Während des Aufstiegs drehte er sich um und gab nochmal eine Namensgebung bekannt. Er sprach zu seinen Kumpanen: „Da erstbegangene Routen immer nach dem benannt werden, der sie als erster benutzt, taufe ich diesen Grat Heinz-Backes-Grat."

Mark interessierte die Namensgebung überhaupt nicht. Schweigend trauerte er der verloren gegangenen Wegzehrung nach. Tina fand die Namensgebung sehr egoistisch. Sie beschwerte sich: „Du tust so, als wenn ich, Mark und Schnauzi nicht dabei wären!

Geben wir dem Pfad doch einen neutralen Namen. Wie wär's mit *Lyoner-Grat*? In Erinnerung an einen verlustreichen Absturz."

Der Bergführer Heinz Backes stimmte zu, drehte sich um und die Seilschaft stieg weiter auf. Heinz blieb auf den letzten Metern vor dem Ziel fast die Puste aus. Seltsamerweise war es bei dem Hund umgekehrt. Schnauzi schien das Ende der Strapazen oder etwas anderes zu riechen. Jedenfalls zog er Heinz förmlich nach oben.

Der Gipfel

Alle erreichten abgekämpft und schweißgebadet ihr Ziel. Der Gipfel bestand aus einer etwa bouleplatzgroßen, ebenen Fläche. In der Flächenmitte befand sich eine größere Pfütze. Seitlich davon war ein kleiner Hügel, auf dem das vier Meter hohe Kreuz stand.

Natürlich rannte Mark sofort auf den Buckel und umarmte das Kreuz. „Ich war als Erster oben", rief er. Das ließ Tina nicht gelten und entgegnete: „Von wegen! Du warst erst weit hinter Schnauzi oben."

Heinz pustete erschöpft und setzte sich neben das Gipfelkreuz des Mount Maybach. Das Ziel war erreicht! Zufrieden schaute er sich um und rief freudig: „Wie auf dem Watzmann!"

Tina setzte sich neben ihren Vater und sagte: „Puuh, hier riecht's wie im Zoo."

Ihr Vater reagierte etwas befremdet: „Du meinst doch nicht etwa ich wär's!" „Nein Papa, nicht so wie du riechst." Sofort klärte der schlaue Mark die Sache auf: „Tina, es riecht nach Maggi. So riecht's im Zoo bei den Wildschweinen auch."

Das graue Schlammwasser der Pfütze verriet, dass sie eine Wildschweinsuhle war. Schnauzi wollte auch suhlen, doch dieses Mal hielt Heinz ihn an kurzer Leine fest. Besorgt bemerkte er: „Kinder, jetzt noch Wildschweine – das würde uns noch fehlen!"

Tina und Mark drängten darauf endlich mit dem angesagten Picknick zu beginnen. Heinz öffnete den Rucksack. Er nahm die darin noch verbliebenen Nahrungsmittel heraus. Für ihn war ja noch eine Flasche Bier darin. Tina und Mark hatten mächtigen Durst, doch für sie gab es keinen Fruchtsaft mehr.

Die Französische Dogge schleifte vor Durst ihre Zunge wieder knapp über den Boden. Gut, dass Heinz in seinem Rucksack noch das Kaffeeblech mit dem Essigwasser hatte. Er nahm das Blech, öffnete den Schnappverschluss, und reichte es Tina. Mit den Worten: „Hier hast du was Erfrischendes, lass Mark aber auch noch was drin", bot er ihr sein isotonisches Getränk an. Entsprechend ihres großen Durstes nahm Tina einen großen Schluck.

Noch nie in ihrem Leben hatte das Fräulein Essigwasser getrunken! Und danach wird sie das in ihrem ganzen Leben auch nicht mehr tun! Sie rollte die Augen, blähte die Wangen auf, als wäre ihr Kopf ein Überdruckbehälter und pustete explosionsartig das saure Wasser wieder aus! Mark saß ihr zufällig gegenüber und bekam die Ladung ab. Was er darauf alles zu seiner Schwester sagte, wird an dieser Stelle nicht preisgegeben. Tina schüttete angewidert den Inhalt des Kaffeeblechs auf den Boden. Der durstende Schnauzi begann postwendend die Flüssigkeit aufzuschlecken. Er schlabberte drei Mal, nieste kräftig und lief schniefend zur Suhlenpfütze. Dort schien er mit großem Genuss das gesamte Schlamm-wasser aufsaugen zu wollen.

„Hattest du uns mitgenommen, um uns hier oben zu vergiften und den Göttern zu opfern?", fauchte Tina ihren Vater an. „Um Gottes Willen. Entschuldigt Kinder, Essigwasser ist wohl nicht mehr in. Wir hatten früher oft Essigwasser getrunken. Und das ist gesünder als die Zuckerbrühe O-Saft."

Mark stöhnte: „Wenn das Zeug so schmeckt wie ich jetzt stinke, dann trinke ich aber lieber ungesundes Zuckerwasser!" „Etwas Gutes hat der Essiggeruch wenigstens. Er überdeckt den Wildsaugestank", bemerkte Tina. „Aber Lyoner wollt ihr doch noch?", sagte Heinz.

Er teilte den verbliebenen Ringel in drei Teile und holte noch die restlichen zwei Wecke hervor. „Die zwei Wecke teile ich nicht durch drei. Ihr könnt beide haben. Ich brauche kein Weck zur Wurst." Tina maulte: „Mir ist der Appetit vergangen. Mir kannst du die Drops von Mama geben, damit ich einen anderen Geschmack in den Mund bekomme. Mark kann beide Wecke und mein Stück Wurst haben." Damit war Mark einverstanden. Von seiner nun doppelten Lyonerportion gab er sogar ein Stück an Schnauzi ab.

Heinz genoss seinen Lyoneranteil und sein Bier. Gerne hätte er danach ein Pfeifchen geraucht, doch der Betriebsarzt hatte ihm das wegen seiner Lungenprobleme schon lange verboten. Gegen Priemen hatte der Doktor nichts einzuwenden. Etwas Kautabak-Nikotin hätte ihn jetzt aufgemuntert, doch den gerollten Tabak hatte er vergessen einzustecken. Auch ohne Kautabak genoss der Bergmann Heinz Backes die Aussicht, die sich ihm von seinem *Watzmann* aus bot. Er genoss die Gipfelruhe auf dem Berg, der auch durch seine Arbeit so hoch geworden war.

Mark kämpfte mit dem Verdauen der zusätzlichen, von Tina geerbten Essensration. Schnauzi bekam noch einen Brocken Weck, dann legte er sich gesättigt, alle Viere von sich streckend, ins Schlammwasser.

Tina unterbrach die sinnliche Gipfelruhe mit den Worten: „Beinahe hätte ich doch die Fotos vergessen. Papa kannst du mit meinem Smartphone ein paar Bilder von mir machen?" Sie stellte sich auf den Buckel neben dem Kreuz, bat Kurt das Foto so zu machen, dass man nur sie, das Kreuz und den Himmel sah. „Okay, mach ich. Wo muss ich draufdrücken? Was soll ich einstellen?" „Papa, an einem Smartphone brauchst du nichts einzustellen, das geht alles automatisch. Komm ich zeige es dir."

Mark reklamierte: „Tina, wenn du keine Selfis machst, dann kannst du auch mal Papa mit mir alleine am Gipfelkreuz fotografieren." „Mach ich, Kleiner", war ihre Antwort. So kamen alle außer Schnauzi auf Tinas Fotos. Kaum hatte Tina Heinz und Mark fotografiert, postete sie mit der Nachricht: „Ich auf dem Watzmann" ihr Gipfelbild ihren Freundinnen. Selbstverständlich bekam auch Tobi ein Text- und Bild-Dokument vom „*Watzmann*" gepostet. Nach der Foto- und Posting-Session nahm Heinz seinen Feldstecher und schaute ins Tal. Im Osten sah man gut die Ortschaft Kummer-viertel. Sie hieß so, weil viele verunglückte Bergleute mal dort wohnten. Im Norden konnte er hinter ausgedehnten Wäldern weite Fluren erkennen. Im Süden, jenseits der Grenze, spiegelten sich die ihm bekannte Seen.

Natürlich wollten Tina und Mark auch durch den Feldstecher schauen. Mark entdeckte den Sportplatz, auf dem er immer Fußball spielt. Tina sah ihre Freundinnen vor der Eisdiele „*chillen*". Heinz nahm sein Haus, den Taubenschlag und den Luftraum darüber ins Visier. Keine einzige Taube saß auf dem Dach! Auch in der Luft über dem Haus kreisten keine Tauben. Dabei hatte er doch Ilse beauftragt, die Tauben zu füttern und danach den Schlag zu öffnen, um sie rauszulassen. Ärgerlich dachte er: „Wenn keine Tauben draußen sind, dann hat Sie sie auch nicht gefüttert. Diese Frau!" Und in Richtung seines Hauses rief er: „Hoffentlich hast Du wenigstens die Hasen gefüttert!"

Mark erkundete auch den Plateauteil jenseits des Gipfelkreuzes. Er entdeckte etwas Erstaunliches. „Papa, ist der richtige Watzmann auch ein Vulkan?" „Nein, er ist ein normaler Berg." „Unser Watzmann ist aber ein Vulkan." „Wie kommst du denn darauf?" „Unter mir am Hang kommt Qualm aus ein paar Löchern raus. Ganz so wie ich das im Fernsehen in der Sendung „Wunder der Erde" gesehen hatte." „Komm sofort dort weg. Dort brennt's in der Bergehalde. Und dann entsteht ein Hohlraum, den man von oben nicht erkennen kann. Wenn du da hinein brichst, dann verbrennst du." Sofort rannte Mark zu seinem Vater zurück.

Er überlegte kurz, dann fragte er: „Sind da schon mal Wildschweine reingefallen?" „Kann sein." „Gelt, wenn man die dann heraus holt, dann sind sie fertig gegrillt?" „Vielleicht, das hat aber noch niemand gemacht." „Die Feuerwehr könnte es doch mal versuchen." „Zu gefährlich, da essen auch tapfere Feuerwehrmänner lieber Schwenker vom Schwenker."*)

Dass im Berg ein so gefährliches Feuer glühen soll, fand Mark unverantwortlich. Er bat seinen Vater um den leichten Pickel, nahm den Klappspaten und begann eine Rinne auszuheben. Er wollte das Wasser der Suhle zum Hang leiten, damit es zu den qualmenden Löchern hinunter läuft und dort das Feuer löscht.

Heinz bekam, in Sorge um seine hungernden Hasen und Tauben, nicht gleich mit, was sein Sohn da trieb. Er dachte daran, so schnell es geht vom Pseudowatzmann abzusteigen. Als er Marks Unterfangen sah, stoppte er ihn mit den Worten: „Was stellst du denn da an?" „Ich lasse Wasser in das Vulkanloch laufen." „Das Haldenfeuer kannst du mit so'nem bisschen Wasser nicht löschen. Lass den Wildschweinen ihre Suhle und komm, wir müssen schnellstens hier runter."

*) Steak vom Grill

Der Abstieg

Um die Wurst und den Helm zu finden, wollte Heinz möglichst nahe der Route absteigen, die die verloren gegangenen Gegenstände genommen hatten. Um zügig voranzukommen, wählte er nicht den Weg über den *„Lyonergrat"* zur *„Hauerkanzel"*, sondern einen kürzeren Weg. Unterhalb der Kanzel wechselten sie nach rechts, bis zur Falllinie Kanzel – Talboden.

Es begann zu nieseln. Heinz dachte kurz an den verweigerten Regenschirm und meinte: „Bevor's mit dem Regen richtig los geht, müssen wir unten sein." Er leinte den Hund an und nahm auch Mark ans Seil. Er wollte den Kerl bremsen können, falls der im jugendlichen Überschwang bergab stolperte und sich wie ein Lyonerringel überschlägt.

Mark und Heinz schlugen die Hacken ihrer Bergschuhe in den Hang und kamen ohne zu rutschen gut voran. Schnauzi rutschte, kleine Gerölllawinen mit den Vorderpfoten vor sich herschiebend, bergab. Tina trippelte jammernd hinter den Dreien her. Ihr Vater gab ihr nochmal die beiden Walkingstöcke. Auch mit den Stöcken kam seine Tochter nur langsam voran. Auf feuchtem Gestein fand sie in ihren Slippern kaum Halt. Auf lockeren Steinchen sank sie bis zu den Knöcheln ein und die Steinchen rutschten ihr in die Schuhe.

Mehrmals musste Tina die Slipper leeren und die anderen drei mussten warten. Mark rief nach oben: „Wenn du beim Runtergehen die Absätze nicht in die Erde schlagen kannst, dann musst du auf den Schuhkanten quer laufen. Schau mal, so macht man das!". Und er demonstrierte es ihr in Könner-Manier. „Du Angeber! Du hast mit deinen Fußballschuhen gut reden. An meinen Schuhen sind keine Absätze und keine Kanten. Und zu alledem geht mir jetzt an beiden vorne noch die Sohle ab." Nach einem tiefen Seufzer bekannte sie: „Ich hätte doch besser die Schneeboots angezogen."

Spuren im Hang verrieten, dass die Absturz-falllinien von Helm und Lyoner durch das „Edelgries" verliefen. Heinz ließ Mark vom Seil und beauftragte ihn der Spur anhand der Einschlaglöcher zu folgen. Er selber wollte mit Hund und Tina seitlich der baumlosen Fläche absteigen. Seiner Tochter sollten nicht noch mehr Griessteinchen in die Schuhe fallen. Mark nutzte die instabile Eigenschaft des feinkörnigen Materials. Mit weiten Känguru-Sprüngen hüpfte er entlang der Einschlaglöcher nach unten. Bei jedem Satz jubelte er freudig. Seine Landungen endeten, als wäre er gleich einem Pfahl eingeschlagen worden, knöcheltief im weichen Gries. Marks Freudenhüpfer hielten Tina nicht mehr an Papas Seite.

Tina warf ihrem Vater die Wanderstöcke zu, befreite sich vom Seil, zog ihre unzweckmäßigen Schuhe aus und hüpfte ihrem Bruder auf den Strümpfen hinterher. Heinz rief: „Hört damit auf! Ihr brecht euch noch die Haxen." Dann sammelte er die Stöcke auf, suchte die Slipper zusammen, zog sie an und stieg mit Schnauzi weiter ab. Als unterhalb der Griesfläche wieder der Birken- und Kiefernwald begann wechselte Tina nochmal in die Spur ihres Vaters zurück. Natürlich hatte sie nur noch Fetzen von Strümpfen an den Füßen, doch was machte das schon aus, wenn ihre Slipper auch nicht viel besser aussahen. Sie begannen sich ebenfalls in Einzelteile aufzulösen.

Heinz sah die Misere und riet seiner Tochter: „So kannst du in dem Gelände nicht weiter laufen. Wir müssen deine Schuhe flicken." Tina setzte sich und zog die Slipper nochmal aus. Ihr Vater kramte aus den Seitentaschen seines Rucksacks die Hansaplastrolle und begann das Fixierpflaster in mehreren Lagen um die Sohlen und das Oberleder der Schuhe zu wickeln. Mit ein paar Stücken Pflaster verarztete er auch die aufgerissenen Strümpfe Tinas.

Dann ging's weiter. Mark setzte seine Suche nach dem Helm im Baumbestand weiter fort.

Heinz rief: „Ich hab gesehen, wie die Wurst dort durch die Bäume lief. Von dem Helm habe ich aber ab dem Waldrand nichts mehr gesehen." „Papa, ich schaue mir ja schon die Augen aus dem Kopf. Von dem Helm sehe ich keine Aufschlagspur mehr. Ich glaub ich hab die Spur verloren." Abermals entwich Heinz ein lautes: „Scheiße!" Derweil sah Mark im Astgewirr einer Kiefer etwas Helles glänzen. Er lief zu dem Baum und jubelte: „Ich hab ihn! Papa ich sehe ihn. Er hängt da oben im Baum." „Prima Mark. Du bist ein besserer Spürhund als Schnauzi. Kannst du auf den Baum klettern und den Helm holen?" „Ich kann vielleicht besser aufspüren als Schnauzi, doch klettern wie ein Eichhörnchen kann ich nicht. Da komme ich nicht hoch." „Dann lass es, komm her. Ich gehe morgen mit der Axt zu dem Baum und fälle ihn." „Und wenn der Grubenhüter dich dabei erwischt, dann reicht eine Rolle Kautabak als Bestechung aber nicht mehr aus", warnte Tina ihn.

Der Regen wurde stärker und die Dämmerung setzte ein. Sie hielten sich an die vermutete Rollrichtung, die die Wurst genommen hatte und kamen ohne weiteren Aufenthalt gut voran. Es waren nur noch circa 15 Meter bis zum Fuß des Berges. Dort trat der Bergwald zurück und es wurde flach.

Am Waldrand stand das dichte Gestrüpp in dem sich die Wurst verfangen haben musste.

„Kinder, haltet die Augen auf, die Wurst muss hier irgendwo sein!", forderte Heinz. Tina und Mark sahen keine Wurst. Statt-dessen sahen sie vor dem Gestrüpp etwas Rotbraunes zwischen den Bäumen durchhuschen. Tina rief: „Der Fuchs, da läuft der Fuchs!" Schnauzi versteckte sich augenblicklich hinter den Beinen seines Herrchens. Mark schrie: „Der Fuchs hat unsere Wurst im Maul! Schnell ihm nach." Er hob einen Stein auf, um nach dem Räuber zu werfen und lief los. Heinz rief: „Mark, bleib hier! Den kriegst du doch nicht mehr ein." Da hatte er Recht, denn der Räuber war blitzschnell samt Delikatesse in Richtung Bahnschwellenhöhle verschwunden.

Die „Watzmann"-Bergsteiger suchten eine Lücke im Strauchbewuchs, um schnellstens den Heimweg antreten zu können. Heinz wollte nach Hause nicht den gleichen Weg nehmen, den sie zum Anmarsch auf den Mount Maybach genommen hatten. Denn es wurde schon dunkel und im Dunkeln durch die Klamm und über den Schlamm zu gehen, das war ihm zu gefährlich. Er wählte den Rückweg über die Landstraße, auch wenn das ein Umweg war und sie später zu Hause ankämen. Herrn Backes plagte das schlechte Gewissen: „Was wird nur Ilse sagen?"

Hatte er doch vergessen Tina zu bitten per Smartphone vom Gipfel aus Bescheid zu geben, dass sie sich verspäten würden, damit sie sich mit dem Essen danach richten könne.

Der Rückweg

Es regnete stark und die Vier sahen in ihren nassen Klamotten ziemlich abenteuerlich aus. Insbesondere Tina. Wegen der hohen Feuchtigkeit lösten sich die Fixierverbände von ihren Schuhen und hingen in Fetzen am Oberleder. Die Sohlen hatten sich bis zum Absatz abgelöst und schwarze Kratzer hatten sich in das hellblaue Leder der Slipper eingekerbt. In ihre hellen Jeans brauchte sie keine Deko-Schnitte mehr zu machen. Das hatte der „Watzmann" schon besorgt. Mark stänkerte: „Mit dem regenplatten Kaninchenfell auf dem Kopf, den gefledderten Schuhen, der geschlitzten Hose und den Wanderstöcken unterm Arm sähe sie aus wie ein weiblicher Ork. So fühlte sich Tina auch. Mit gesenktem Kopf schlich sie durch den Ort und dachte: „Was ein Glück, dass Tobi bei dem Wetter an seiner Spielkonsole sitzt."

Mark schlürfte unter der Last eines mit Steinen bepackten Rucksacks vorwärts. Schnauzi zog und schnaufte an der Leine, als sei er eine Dampflok. Heinz hatte überhaupt nichts dagegen, dass Schnauzi ihn vorwärts zog.

Ermüdet kamen sie vor ihrer Haustüre an. Mark klingelte. Seine Mutter öffnete die Tür und schreckte zurück. Sie schnappte kurz nach Luft und sagte dann: „Endlich seid ihr da! O Gott, wie seht ihr denn aus! Wenn euch jemand so gesehen hat! Da muss man sich ja schämen. Und was ist mit dem Hund?"

Schnauzi wollte in die Küche. Erst da gewahr Ilse, dass die Französische Dogge rechts nur noch ein halbes Ohr hatte. „Um Himmels willen, was hast du mit dem Hund gemacht?", fuhr sie Heinz an. Der sagte nur: „Das gleichen wir aus", ließ Ilse in der Tür stehen und ging weiter. Mark war schon durch den Hausflur in die Küche gestürmt und rief: „Mama, ich habe Hunger." Ilse sah ihm nach und rief: „Zuerst gehst du unter die Dusche, dann erst bekommst du was zu essen."

Tina sich hielt zunächst noch vor der Türe etwas im Hintergrund. Als sie im Flur ins Licht trat schlug ihre Mutter die Hände überm Kopf zu-sammen. Sie stöhnte: „Jesus, so zerlumpt läufst du auf der Straße herum! Ich wusste ja, dass das nichts für dich ist." „Ist ja gut, Mama. Erstens war's dunkel und hat gegossen, da war niemand auf der Straße, und zweitens brauche ich schon lange neue Kla-motten." „Nichts gibt's! Nicht schon wieder! Du hast bereits alles Taschengeld für Kleider ausgegeben. Ich fülle dir die Kasse nicht auf!"

Ilse wandte sich an Heinz: „Wie konntest du den Unsinn nur machen! Ich habe ja geahnt, dass bei der Sache nichts Gutes herauskommt, aber du musst immer deinen Kopf durchsetzen. Unverantwortlich! Nur gut dass nicht mehr passiert ist. Ich hatte schon Hassdenteufels Alois angerufen und gefragt, ob euch was zugestoßen sei. Er hatte nichts von euch gesehen, da dachte ich, ihr könntet ja in eine ausgebrannte Kammer gefallen sein. Ich war schon drauf und dran die Feuerwehr zu rufen, damit sie euch sucht und rettet." „Es ist nichts passiert! Alles problemlos. Siehste doch. War ein schönes Erlebnis." „Mann nochmal! So wie ihr daherkommt sieht's aber nicht danach aus!" „Frau, hast du die Hasen und die Tauben gefüttert?" „O Gott, das habe ich ganz vergessen." „Verdammt nochmal! Kann man sich denn gar nicht auf dich verlassen? Da geht man mal kurz aus dem Haus und dann klappt nichts mehr!" „Kurz aus dem Haus? Es waren sechs Stunden! Du hast das Leben der Kinder aufs Spiel gesetzt! Auch das von Schnauzi. Und wenn du dich den ganzen Tag nicht selbst um deine Tauben und Hasen kümmern kannst, dann schaff das Viehzeug ab!" „Bekamen die Hühner auch nichts?" „Wenn **ich** die nicht immer füttern würde, dann wären die doch schon längst tot!"

Ihre Tochter griff ein: „Jetzt beruhigt euch. Die Karnickel sind fett genug zum Überleben. Schnauzi und wir haben problemlos den „Watzmann" bezwungen. Und jetzt habe auch ich Hunger." „Wie? Ihr hattet doch reichlich Essen mit." „Ja schon, aber Papa ist alles – –. Es war einfach zu wenig. Beim Bergsteigen verbraucht man nämlich viel Kalorien." Ilse fand dass der mitgenommene Essensvorrat ausreichend gewesen wäre, gab aber zu, sie wüsste nicht wieviel Kalorien man beim Bergsteigen verbraucht. Besorgt fragte sie Heinz: „Hattet ihr etwa auch zu wenig zum Trinken mit? Ich hol dir mal zwei Flaschen Bier aus dem Keller und dann mache ich sofort das Essen warm. Ich hatte schon alles fertig, sogar Schwenker vom Grill, aber ihr seid ja nicht gekommen. Da habe ich das Essen kalt gestellt. Im E-Herd brate ich das Fleisch nochmal auf." „Gut, mach schnell. Die Kinder haben Hunger und der Hund braucht auch was."

Mark kam aus der Dusche und setzte sich im Schlafanzug an den Tisch. Er fragte: „Gibt's gegrillte Lyoner, Mama?" „Nein, Schwenker." „O – schade. Ich hab mich so auf Lyoner gefreut." „Du hattest doch gerade Lyoner auf der Halde gegessen. Ich hatte euch sogar zwei Ringel mitgegeben!" „Ja schon, aber der Fuchs hat – –." Da kam Mark doch in Erklärungsnot!

Mit: „Unser Schnauzi ist ein schlauer Fuchs. Er hat mir mein Stück Wurst abgebettelt", gab er schnell dem Hund die Schuld.

Heinz zog die Grubenschuhe aus, stellte sie hinter die Kellertüre und trank sein Bier.

Griesgrämig – wegen der ausgebliebenen Tierversorgung – sagte er: „Ich dusche später."

Tina wollte vorm Essen noch kurz duschen. Während Heinz und Mark ungeduldig am Tisch saßen, ließ sie lange auf sich warten. Mark sagte: „Da ist der Schwenkbraten schon wieder kalt, bis die aus der Maske kommt!" Sie kam, frisch deodoriert und mit restaurierten Wimpern in die Küche. Mit fürsorglichem Stolz stellte Ilse ihr Willkommensfestmahl auf den Tisch. Es gab aufgewärmte Schwenker, Bratkartoffeln, Karotten- und Feldsalat, sowie Senf und Ketchup. Heinz bekam noch ein Bier, die Kinder ihren O-Saft und Ilse gönnte sich selbst ein Glas Rosé. Auch Schnauzi wurde nicht vergessen. Er erhielt sauberes Wasser und den Knochen, den Ilse beim Schwenkerkauf vom Metzger dazu bekommen hatte. Alle waren satt und eine freundliche, familiäre Stimmung erfüllte die Küche. Ilse meinte: „Schön dass ihr wieder da seid! Und Heinz, das nächste Mal kümmere ich mich um die Tiere. Versprochen!" Abwesend sagte Heinz nur: „Vom Schwenker schmeckt ein Schwenker besser!"

Nachzutragen wäre:

Für Babs und Kim war Tina jetzt die Größte. Sie hatten Tinas Gipfelbild längst an die Facebook-Gemeinde weiter gepostet, und zollten ihr Respekt, als wäre sie ein Popstar. Tobi sagte: „Von wegen Watzmann! Mein Vater hatte gestern bemerkt, dass eure Tauben nicht flogen. Er sagte zu mir, ich solle mal schauen, ob ich welche sehe, ich hätte ja bessere Augen. Und was sah ich? Fast die ganze Familie Backes stand auf der Bergehalde!"

Weitere Bücher von Günter Diesel

Kohlenstaub und Lustfluchten
Aus dem Leben eines Saarländers
ISBN 9 783739 214221 / 204 Seiten

Öko Üblich. der Umweltschützer
Erlebnisse eines Umweltschützers (in Gedichtsform)
ISBN 9 783732 298884 / 100 Seiten, 50 Zeichnungen

Glühwürmchen und Lyonerratten
Kurioses aus Kurts Leben (in Hochdeutsch und im Dialekt)
ISBN 9 783739 215884 / 196 Seiten, 27 Zeichnungen

Die Abenteuer des Flauschi Weißpelz
Reise eines kleinen Eisbären nach Afrika
Jugendbuch / 64 S. / 78 Bilder (z. Z. erhältlich beim Autor)